너를
바라본다

너를 바라본다

발행일   2024년 12월 17일

지은이   백승훈
펴낸이   손형국
펴낸곳   (주)북랩
편집인   선일영   편집   김은수, 배진용, 김현아, 김다빈, 김부경
디자인   이현수, 김민하, 임진형, 안유경   제작   박기성, 구성우, 이창영, 배상진
마케팅   김회란, 박진관
출판등록 2004. 12. 1(제2012-000051호)
주소   서울특별시 금천구 가산디지털 1로 168, 우림라이온스밸리 B동 B111호, B113~115호
홈페이지 www.book.co.kr
전화번호 (02)2026-5777   팩스   (02)3159-9637

ISBN   979-11-7224-428-6 03810 (종이책)   979-11-7224-429-3 05810 (전자책)

(주)북랩 성공출판의 파트너

북랩 홈페이지와 패밀리 사이트에서 다양한 출판 솔루션을 만나 보세요!

홈페이지 book.co.kr   •   **블로그** blog.naver.com/essaybook   •   **출판문의** text@book.co.kr

작가 연락처 문의 ▸ ask.book.co.kr

작가 연락처는 개인정보이므로 북랩에서 알려드릴 수 없습니다.

너를
바라본다

백승훈 제3시집

사랑하는 여인에 의해
다시 태어난 한 남자의
마음 고백

북랩

한 생을 살면서
누구나 한 번은 만나게 될
인연의 이야기

두 번째

　세월의 옷을 겹겹이 걸치다 보니 나같이 둔한 사람도 어떤 흐름을 느끼게 되었다. 그 속에 몇 가지 신기한 현상들이 발생하는데, 데자뷔가 그중 하나이고, 같은 꿈을 여러 번 꾸게 되는 것도 그렇고, 초면인데도 어디서 만났거나 잘 알고 있는 듯한 사람을 만나는 것들도 포함이 된다. 한 번도 경험한 일이 없는 상황이나 장면이 언제, 어디에선가 이미 경험한 것처럼 친숙하게 느껴지거나 알고 있었을 것만 같은 곳을 같은 상황에서 다시 처하는 일, 처음에는 그저 우연인가 하고 생각했던 것들이 하나둘 늘어나고, 그것들이 전혀 신기하지 않을 만큼 시간이 흘러 보면 알게 된다. 설명할 순 없어도 아무런 무리 없이 머리로 받아들이게 된 것이다. 눈에 보이는 것 이외에는 믿거나 받아들이지 못하는 현실의 사람들도 무의식의 세계에서 일어나는 일에 대해서는 말문이 막

힌다. 일천(日淺)한 과학의 잣대로 풀어지지 않는 것들이기 때문이다. 신내림을 받았다는 아주 소수의 사람과 선지(先知)적 능력을 갖추게 된 성인들도 무의식의 세계와 하늘이 내리는 일에 대해서 잘 알지 못한다.

인간의 굴레에서 살아가는 우리. 다소의 편차는 있지만 모습들이 대부분 비슷하다. 만나고 헤어지고 낯선 다른 만남을 위해 다시 떠나가고…….

나는 어느 순간 저절로 느끼게 되었고, 그것이 하늘이 맺어 주는 인연이란 것도 문득 알게 되었다. 유전적 영향이었겠지만 신체적으로 조금 더 민감하게 자라 왔기에 뒤늦게나마 예체능적으로 눈이 떠져서 힘든 길을 애써 찾아가는 것도 그랬고, 옳고 그름에 지나치게 단정적이었던 성격과 편식(偏食)적인 사회성에 인생 대부분을 잡아먹히면서도 그러려니 살아왔다. 세월의 무게에 못 이기는 듯 더러는 포기하고 눈에 띄지 않게 슬쩍 타협하려 한 것도 비슷한 맥락이었는데, 천연(天緣)은 찾아오는 순간 무의식이 먼저 반응했다. 뒷모습인데도 몸이 반응하기 시작했고, 그 사람의 목소리에 심장이 따라 뛰기 시작했다. 상식적으로 이해되지 않는 행동도 아주 자연스러운 일상처럼 그 사람을 위해 하게 되었다. 글을

쓰기 시작한 시점부터 속도감 있게 시를 써 왔지만, 그 사람을 만난 이후부터는 속도가 더 붙었다. 왈칵 올라온 감정이 사그라들기 전에 이미 마음 한편이 끝난다. 생각이 돋아나면서 20분 안에 일어나는 일이다. 나는 자신 있게 말할 수 있다. 하늘이 맺어 주는 인연은 겪어 보기 전에는 결코 알지 못한다는 것을. 이 느낌을 바로 아는 독자도 아주 더러 있을지 모른다. '맞아, 그 느낌!'

나이 고하를 막론하고 한 사람을 진정으로 사랑하는 일은 그 무엇과도 비교될 수 없는 창조적 숭고함을 탑재하고 있다. 우리는 하루에도 수십 번씩 감정의 데자뷔를 공유한다. 같은 생각, 같은 감정의 공유는 생전 처음 겪어 보는 일이지만 신나고 생기 넘치는 모험적인 일이다. 오늘도 새벽에 출근하며 귀엽고 어여쁜 아내를 생각한다. 가슴이 뭉클해진다.

아울러 필자의 3집에 귀한 작품들을 선뜻 게재해 주신 서양화가 박선옥 님께 깊은 감사를 드린다.

섬세한 감성과 탁월한 묘사력으로 서양화단에 한 획을 긋고 있는 박선옥 화가는 특유의 감각으로 인간 내면에 잠자는 감성을 따스하고 투명한 터치로 이끌어 냄으로 독자들에게 신선한 힐링이 될 것을 믿어 의심치 않는다.

차례

1부

2부

3부

4부

5부

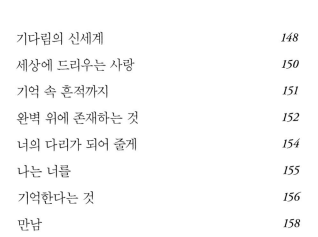

1부

세상 어디든지

고즈넉한 어느 날
추위가 몰아닥치기 전에
한적한 시골길을 달려 보자

하얀 구름 눈 속에 쏙 넣고
파란 공기 마음껏 마시며
들풀 향기 모아
너의 옷을 지어 입히리

고운 눈망울은 가슴에 담고
해지는 세상 어디든지
손잡고 달려 보자

빛이 어둠을 머금어 오면
어딘가에 차를 세우고
서로의 체온으로 밤을 데우자
그곳이 어디라도

숨 쉬는 너

아무리 작은 것이라도
가볍게 여기지 않고
날파람 스치는 풀잎도
살뜰히 돌아보는
인정 넘치는 사람

숨기지 않고 꾸미지 않는
질박한 너를
나는 좋아한다

조금만 기다려

높다랗게 올라붙은
희뿌연 하늘에
사람들의 걱정은 아랑곳없이
난데없는 우박을 몰고
비가 내렸다

비에 딸려 온 건지
느닷없는 바람에
휩쓸려 온 것인지
한바탕 소동을 치르는 사이
어둠이 들어찼다

비가 내리든 우박이 쏟아지든
종일 내 속에 있던 너는
지칠 줄 모르고 재촉한다

조금만 기다려!
이제 곧 네게로 간다

소박한 너

낭만을 알고
새벽을 꿈꾸는

주어진 시간에 진지하고
새로운 하루를 아끼는

이유 없는 소득을 거부하고
정직한 땀을 소중히 여기는

풍부한 감성으로
밤을 조율하는 너를

사랑해

명답

자신의 선택 중에
무엇보다 중요한 기준은
마음을 어디에 두는가이다

특이하게도 사람은
어떤 결정을 내리기 전에
이미 뇌가 먼저 정한다
망설이는 건 그 선택이 완전히
마음에 들지 않는다는 것

마음 가는 대로
가슴이 시키는 대로
정녕 이것이 길이다

나에겐
머리와 심장에 꽉 들어차 있는
당신이라는 명답이 있다

너를 바라본다

바라본다

아무것도 담지 않은 시선으로
관습도 떠나고
고리타분한 절차도 벗어 던지고
형태 모를 의무감이나
어딘가 모를 불편함도
사소한 잡념도 떨치고
눈을 들어 너를 본다

그 어떤 것도 없어야,
덧대거나 걷어 내지 않고도
바로 보이는 사람
마음이 움직이는 곳에
거칠 것 없는 단 한 사람

너를 바라본다

무엇보다 당신

눈을 감고 상상한다
당신의 하루와
그 속에 담긴 모든 일상을

간절히 기도한다
당신의 움직임마다
모든 어려움과 위험이 멀어지기를

세상을 움직이는 해
모든 생명을 살리는 물과 공기
당신보다 소중하지 않으니

불변

계절이 네 개나 있어
주기적으로 바뀌는 게
당연한 삶이거니 했는데
3월 첫날 문득 새삼스럽다

누구일 것도 없이 의식처럼
꼭 끌어안고 시작하는 밤

꿈의 여정에서
등과 젖무덤을 지그시 감싸 주거나
어쩌다 맞대고 잘지도 모르는
뒤척임과 편안함 모두
깊고도 든든한 존재감이다

절대 등 돌리지 않는
확고한 믿음이
그대가 숨 쉬는 공간마다
들어차 있다

인생 량의 루틴과 크기

헛된 노력이란 없다
자신의 삶에서
모든 것은
겪어야 하고 넘어야 한다
길을 잃는 것도
나아가고 넘어서는
하나의 과정이다

이리저리 얽힌 것처럼 보여도
세상은 자신만의 루틴이 있다
철들고 어른이 되면서
습관과 능력이 조화를 이루며
홀로의 길을 찾아간다
더불어 가는 법도
그 사이에서 발견한다

삶의 총량은
어떠한 형태로든 치러야 하고
호흡의 길이만큼
생각도 맞춰지게 된다
당신에게 나는
나에게 당신은
사랑의 루틴을 완성할
마지막 퍼즐 한 개이다

둘이어서 하나다

어떤 슬픔은
영원히 지나가지 않는다
냄새 빛깔 온도 모습 등을 매개로
잠재의식의 표면에서
존재감 없이 머물러 있다가
사람의 온기와 닿으면
되살아나곤 한다

세상의 이치라는 게
너무도 정교해서
진실한 두 마음이 의심 없이 맞아야
온전한 하나가 되고
그때부터는 고통으로 남아 있던
수많은 기억이 하얗게 타오르며
영혼의 쏘시개로 승화한다
당신과 나처럼

우리는 갈수록

단단해지고 완전해지며

영원까지 깊어질 참이다

누군가를 지킨다는 것은

누군가를 지킨다는 것은
한없이 가슴 설레는 일이다

잠깐의 생각만으로도
세상을 얻은 것만큼 기쁘다

그것이 사랑하는 사람
가슴에 담긴 사람이라면

골백번 죽어 영혼까지 살라서라도
기꺼이 치를 일이다

시간의 안배

꼴사납거나
때때로 좀 슬프긴 해도
세상은 아름다운 것이더군요
원래 그랬던 것이었어요

이 사람을 만나고
뜨인 마음이기도 하고요

태어난 이유도
그리 오래 헤맨 까닭도
이 사람을 찾기 위한
안배였던 것 같아요

청정독소구역

살면서 생기는
크고 작은 몸의 반란
곳곳에서 발생하는 각종 염증
서서히 흔들리는 몸의 불균형

뒤늦게 알아낸 수제 식초 요법으로
곳곳의 독소를 처리하는데
불편한 증상들이 휴식을 외면하고
시간 없이 주인 행세를 한다

연고를 발라 주고
충분히 긁어 주어도
시원하게 해결되지 않아 안타깝다

몸과 피부 끝까지
독소가 없는 청정 구역으로
자유로워지는 그날을 위해
든든하고 안전하게 지켜야지

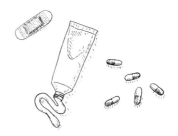

오직 그대에게

마음을 연다는 것은
단순히 호의를 베풀거나
감정을 숨김없이 나누거나
엄청난 비밀을 공유하는
특별한 사이의 의미가 아니다

그 사람을 향한
모든 일에 늘 최선이고
물 한 모금도 나보다 우선이고
내 목숨도 선뜻
내어 줄 수 있다는 것 정도이다

사랑 그 이상의 마음으로

움직이는 세상이어서
절대적인 것이
존재할 수 없기에
아무리 완벽해도
완전한 것이 아니다

늘 확인하고
같은 말로 수없이 되물어도
내 대답은 한결같을 수밖에
늘 그 자리에서
당신을 품는 거

사랑 그 이상의 마음으로

검은 머리 파뿌리 흰 머리 사랑뿌리

동그란 이마에
새 머리가 돋아난다
낡은 세월을 입은 모습으로

무성한 머리카락 아래
아직도 매끈한 순백의 터전 그대로인데
무심한 세월은 배려가 없다

흐른 시간만큼이나
단단해진 동그란 세상
잘 깎아 만든 조각에
사이좋게 자라는 흑백의 향연

가끔 두 손으로
꼭꼭 눌러 주고 문질러 주고
손빗으로 갈기를 쓸어 넘겨 준다

하얀 머리가 난다고 푸념하지만
그 한 가닥 한 가닥이
가슴을 또 데운다

내 안에 들어온 너

기다리는 모든 것에
답을 만들지 못한 시간
바라는 모든 것을 위해
끝까지 달려 보지 못한 시간
하고 싶은 어느 것도
후련히 해내지 못한 시간

내 안에 들어온 너로 인해
매듭짓지 못하고 처박아 둔 시간에게서
저절로 풀려났다

묵어서 찌든 시간의 끝에 마주 서서
낯선 남자의 시간인데도
머뭇거리지 않고 팔 걷어붙이며
나를 향해 환하게 웃고 있었다
어느새 나도 모르게 일어서서
아주 오래전부터 알고 지냈던 사람처럼
너의 손을 꼭 잡고 걸어가고 있다

나의 보물

사랑하는 마음은
함부로 드러내지 않는
비밀 같은 것이다

특별한 사람에게만
있는 그대로 전해져야 하는
일인 전수 비법이다

사랑하는 사람은
그 어느 곳에 있어도
눈에 띄게 빛이 난다

세상 어디에 있더라도
바로 알아보는
내게만 특화된 보물이다

거침없는 너

별것 아닌 대화도
소중히 담아 두고
무덤덤한 표정
지나가는 눈빛
심지어 뒷모습에서도
마음의 무게를 읽어 내는 너

숨소리
몸짓
움직임

어느 하나 허투루 넘기지 않고
배려하고 안배하는 마음
말없이 불편을 해소하는 지혜
미루지 않는 깔끔함
밤을 넘기지 않는 행동력까지
너는 사랑할 수밖에 없는 사람

그대가 곧 미래다

숨을 고르고
분명한 길로 움직여야 할 때가 되었다는 걸
이제는 알겠네

그대를 아우르는 공간과
시간의 부스러기까지
털끝만큼도 낭비되지 않게
힘차게 달려가고 싶어도
서두르지는 말 것

마음에 품고 있는 정열과
이루고 싶은 뜨거운 열정
감각의 끝자락까지
막힘없이 뻗어 나갈 수 있게
더 늦지 않은 미래의 그곳에
환한 미소의 그대가 있도록

그곳을 향하는 이정표

조용한 받침이 되어 줄게

그대의 미래가 있는 곳 어디라도

2부

박선옥, 〈가족〉,
Oil on canvas, 73 × 73cm.

새길

숨이 턱에 찰 때까지
안간힘으로 걷다가 돌아보니
지나온 길이 벌써 가물가물하다

곡예 하듯 달려온 길
마음의 눈으로도 닿지 않을 만큼
까마득히 멀어져 가고 있는데

한숨 돌리고 등성이 넘어 내려가는
산마루 길에서
너를 만나지 못했다면 어땠을까

너를 바라볼 수 있다는
기분 좋은 상상조차
터무니없는 일이었을 테지

내게 허용된 시간 동안 너는
오직 한길이고
희망이고 온기이다

퍼즐의 열쇠

그곳에 있을 단 한 사람
뜬금없이 떠오르는
잃어버린 세월
인생의 금빛 시간들

여름이 가고
가을도 보내고
소중한 겨울의 한가운데에서
그럴 만한 이유가 있었으리라

모든 것에 가치를 두진 않아도
의미 없는 시간은 없기에
당신까지의 여정에
조각들이 맞추어진다

세상의 모든 것
아름답고 소중한 중심에
선뜻 당신을 둔다

들뜨지 말고 서두르지 말고

내가 잘하고 있는 것일까
이게 맞는 것일까
사소한 혼란에 묶이기엔
세월의 가르침과
흘린 땀이 만만찮다

갈 방향과 해야 할 일들
피해야 할 웅덩이와 수렁까지
웬만큼 꿰고 있다고 생각했다

알면서도 앞지르고 싶은 마음
보이는 것 모두 챙기고 싶은 마음
가야 할 길이 명확한 우리에겐
충동도 욕심도
스쳐 지나가는 유혹의 잔상일 뿐이다

빛이 나는 당신

식은 맛을 알아본 당신은
삶의 무게를 감당할 줄 안다

눈물 젖은 맛을 삼켜 본 당신은
타인의 아픔에 공감할 줄 안다

쓴맛을 견뎌 낸 당신은
깊이의 두려움이 없다

이 모든 난관을 이겨 낸 당신은
저절로 빛이 나는 사람이다

생각 속에 있는 것

먼지를 털고 때를 닦아 낸다
생각의 통로를 정리한다
생각을 시작한다
방향을 정한다
건전하고 밝게 한다
진지하고 깊게 한다
어느 틈엔가 그 속에 사람이 담긴다
꾸밈없는 생각을 키운다
저절로 사랑이 커져 간다
그 사람이 사랑이고
생각이 그 사람이다
군더더기 없는 생각이
변하지 않을 사람을 키운다
네가 내 생각이고
내 생각 속에는 너라는 이름의 사랑으로
가득 차 있다

달 보고 빌다

무한한 사랑도
초라하게 보일 만큼
넓고 깊은 사람
당신을 위해

사랑과 인간의 깊이
헤아리는 마음에 눈뜨고
숨겨진 진실에 익숙한
당신을 위해

동짓달 보름날에
존중과 사랑을 올리다

우리 뜻대로

예측할 수 없는 게
사람의 운명이다
생각이 아무리 앞서 달려도
닥치는 미래를 알지 못한다
천기를 읽어 내는 것 또한
금기라 하는 이유가 있으리

흐름
순리

바꾸려고 노력하는 것조차
이미 예정되어 있는 길이다
틀이라고 말하지 않는다
돌고 돌아온 우리 만남도
치러야 할 대가를 모두 마친 것

올 것이 왔다
틀을 깨는 우리의 세상
사랑으로 개척할
둘만의 창작 여정이

같이 갈 수 있는 방법

세상은
태초부터 하나였던가

사람은
하나이면서 하나가 아닌

모여 살지만 결국은
혼자 오고 혼자 가는 것

자연으로 돌아가는 것
하나로 돌아가는 것

다른 세상을 연 너와 나는
둘이 하나 되어야 바로 가는 것

기도

수십 년의 시행착오가
헛되지 않기를

어떤 선택을 하든
상처받지 않기를

당신의 마음이
늘 편안하고 따뜻하기를

스스로를 사랑하는
대견한 당신이기를

내 깊은 간절함이
그대의 영혼까지 아우르기를

항해

공기의 흐름처럼
기분도 흐른다

바람 햇살 비 눈
날씨 온도 하늘의 높이

모든 것들 속에
마음도 섞여 떠다닌다

왜 그런지 궁금해할 이유도 없다
자연 속의 작은 존재이므로
움직임에 맡기면 된다

흐름을 타지 않으면
속도를 잃는다
궤도가 틀어지면 위험하다

1등 선장의 보호 아래
당신 감정의 행로는 항해 끝까지
새롭고 안전하다

고백

생의 끝이 두려운 건
단지 인간이어서 죽는다는
이유 때문만은 아닐지도 모른다
한 번도 겪어 보지 않은
죽음에의 막연한 고통, 아니면
빈자리를 채워야 하는
나를 둘러싼 기억, 그것도 아니면
수도 없이 가정해 본
죽음 이후에도 존재할지 모르는
또 다른 나에 대한 존재적
상상 때문인지도 모른다

내가 살아온 방식이
마음에 들었던 적이 별로 없다
단 한 번도 속 시원히 나답게
살아 보지 못했기 때문이다
언제나 당당하고 솔직한 것 같았지만

그 속에 더러는 체면과 눈치로
더 그럴듯하게 나를 꾸몄던 것도 같고
실수나 과오를 나약함으로
위장했을지도 모르는 기억들도
간간이 박혀 있을지도 모른다

지금에 와서 삶의 길이에 대해
새삼 집착하고 싶지는 않다
하지만 돌고 돌아 만난 인연과
이토록 멀리 걸어와서야 알게 된
그래서 비로소 꾸밈없이 교감하게 된
서로의 진실을 그저 있는 대로
보이는 대로 나누고 싶을 뿐이다
남은 시간만이라도 두 사람의 욕심을
조금만 더 추가하고 싶을 뿐이다

순수한 내 사람

한없이 어두워
그 시작조차 서럽던
가엾은 사람

아프고 다쳐도
제 몸을 돌보지 않던
미련한 사람

주저 없이 슬픔을 머금어
씩씩하게 가꾸던
깊고도 단단한 사람

하도 맑아서
마음의 눈에만 보이던
귀하디 귀한 사람

무슨 일이 있더라도
꼭 품어야 할
이슬 같은 사람

한결같은 마음과
꾸밈없는 사랑으로 보듬어야 할
여리고 순수한 내 사람

너는 늘 뭉클해

맞부딪는 새벽 찬바람에
숨이 턱턱 막혀도
몽글몽글 솟구치는
간지러운 감동으로
하루를 시작해

해가 구르고 굴러
산등성이 뒤로 곤두박질쳐도
어느새 너로 인해
금세 밝아지고 차올라

지치고 피곤해도
네 생각만으로
가슴이 벅차오르고 울컥해
너를 생각하는 하루는
그래서 늘 뭉클해

어둠의 힘

눈을 감아도
표정을 아무렇게나 지어도
꾸밈없이 나눈다

소리가 눌려서 나오고
코가 막혀 찌그러져도
숨소리로 전해지는 진심

배게 아래 두른 팔에 펄떡이는
따끈하고 힘찬 맥동
얼굴 파묻은 겨드랑이에서
살그머니 피어오르는 향기로운 너의 체취

커튼 사이로 들어오는
실오라기 별빛

그래 어둠이 답이다

너만 사랑하는 하루

난 오늘 일어나서 한 가지 생각을 했어
무슨 옷을 입을까 어떤 양말을 신을까
그런 게 아녔어 그냥 멍때리고 있다가
갑자기 생각난 것처럼 떠올랐던 거야

그냥 주어지는 시간 늘 흐르는 바람 같은
그런 하루가 아니라는 생각이 드는 거야

하루쯤 지나가는 바람에 맡기는 것처럼
너무 잘 보이려고 하지도 않을 거야
하루쯤은 하늘 보며 살아가도 괜찮은 듯
생긴 대로 하고 싶은 대로 그렇게 말할 거야

너를 바라보는 하루 너만 사랑하는 하루
오늘 하루도 역시 너만을 위한 날일 테니까

그래도 다행이야

이렇게 떠나 보니 알겠어
내가 널 얼마나 사랑하는지
하늘 아래 나와 보니 알겠어
네가 얼마나 소중한지

밤을 건너 새벽으로
꿈길 건너 그대에게
바라보는 것만으로
벅차오르는 이 가슴

그래도 다행이야 내 모두를 줄 수 있어서
정말로 다행이야 네 사랑을 볼 수 있어서
긴 긴 세월 아꼈던 우리 마음이었던 가봐
이제는 너에게 아낌없이 모두 줄 거야

완벽한 준비

내가 사는 이 별은
밤낮으로 리듬을 탄다
빛 따라 흐르기도 하고
바람 타고 날아다니기도 한다

화려한 겉모습에 마음을 빼앗기면
사람들은 당황한다
본질을 놓치고 길을 잃는다

눈 감고 호흡 다듬고
자신의 심장 소리에서부터
다시 시작해야 한다

이미 당신이라는 세상에 눈뜬 나는
다리에 힘도 새롭게 붙고
튼튼한 심장의 고동으로
당신 이외의 모든 유혹에 특화되어 간다

끝까지 사랑하기

담백하게
순수하게

터럭만큼도 때 묻히지 않고
오늘이 마지막 날인 것처럼
치열하게

피가 매 순배 돌 때마다
너의 의미 전부를

있는 그대로 모습 그대로
마음의 눈으로
영혼의 눈으로
끝까지 사랑하기

당신에게 이르는 것

누가 더 낫고 못 하고는
부질없는 판단이다

누가 더 사랑하고
사랑받는지 가늠하는 건
더욱 어리석은 짓이다

사랑하는 사람을
어디에 누구에
비교한다는 자체가
있을 수 없는 일이다

오직 한 사람에 대한 마음은
이미 인간이 조절할 수 있는
선택을 넘어서 있다

내가 당신을 사랑하는 것이
생각과 마음이 도달할 수 있는
최고의 경배라고 해야 맞다

하루 안에 처리할 것들

갖가지 상념이 하늘을 덮는다

뜨거운 마음 안에서도
쉴 새 없이 떠오르는 생각의 갈래
더 잘해 주지 못하는 안타까움
어슴푸레 그려지긴 해도
말끔히 걷어지지 않는 불안
불확실한 미래에 대한 걱정
표현하지 않아도 전해지는
그늘진 마음

하루는 무언가를 표현하기에
너무 짧은 시간임에도
진실과 본심은 그날의 피로처럼
미련 없이 나누고 처리해야 하는 것임을
말하지 않아도 서로 알고 있다

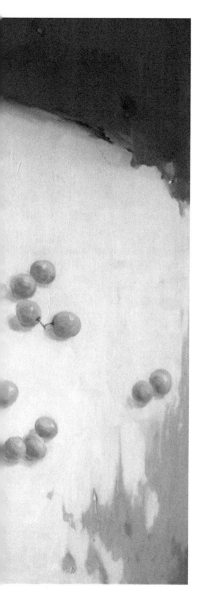

3부

박선옥, 〈7월의 시〉,
Oil on canvas, 80.3 × 65.1cm.

사랑 맞춤

큰 추위 몇 고비 넘기고
갖은 사연들 짊어진 설이
저만치 마을 녘으로 들어선다
어른들은 해가 바뀌기도 전인데
벌써 근심으로 얼굴을 갈아 놓았다

어처구니없는 나라님 살림 행보에
아무리 발버둥 쳐도
나아질 기미가 보이지 않는 서민의 삶
점점 조촐해지는 장바구니 현실
졸라매는 허리띠에 힘겨워
밭은 숨 내쉬는 사람들
차례 상차림 민망해지는 정월 첫날

아내도 걱정이 앞서는 눈치다
아이들과 그냥 먹을 음식
간단히 네 가지만 봐도
땅콩 줄기처럼 따라붙는 장거리
살림을 모르는 게 아니다 보니
빠듯한 시간과 노고에 벌써 숨이 찬다
그래도 미리미리 준비하려는
아내의 꼼꼼한 눈빛이
소녀같이 맑고 사랑스럽다
잠자리에서 지나가듯이
슬쩍 한마디 던지며 꼭 안아 준다

좋아하는 만큼 사랑하는 거야
그대의 세상 끝까지 좋아해

너를 위한 다짐

꿈길에서 심지를 뽑아 올려
어둠이 꼼지락거리는 자리에
새 불을 붙인다

마음에서 너를 뽑아 올려
깃드는 하루의 시작 앞에
가득 채운다

심지는 필연이고
너는 젖어 있는 전부이다

나날이 새로워지는 신념으로
불씨를 붙인다

절대적인 건 없기에
한결같은 다짐으로
하루의 첫 마디부터 너를 밝힌다

균형

마음이 시시때때로 움직이고
감정이 춤을 추고
평온이 꾸준히 유지될 수 없는

몸의 상태에 따라
미세한 변화로도 달라지고
주변의 환경과
사람들과의 관계로도
흔들리는 존재

거대한 추를 달아서
중심을 정확히 잡아 가듯
당신이라는 중심 추로
어느 한순간도 소홀하지 않게
사랑의 기준을 잡는다

그대는 모든 밤이고 꿈이에요

갖은 하루를 넘나들다
마침내 어둠을 만납니다

아침을 기다리고
세상을 마주하는 것이
꿈을 만들어 가는
그대로의 길이니까요

바르지 않은 시선과
이리저리 얽히고설킨
말들의 홍수를 무사히 지나고
흠뻑 땀까지 뽑아내야
밤을 품은 그대에게 갈 수 있지요

상상마저 머금은 그대의 밤은
그 누구의 꿈보다 아름다울 테니까요

겨우 몇 시간인데

겨우 몇 시간인데
당신의 빈자리가
느닷없이 내려앉은 싱크홀마냥
휑하니 뚫려 있다

밤은 점점 깊어져 가고
묵직하고 뻑뻑한 눈꺼풀에
허기까지 몰려온다 생각했는데
당신이 고픈 거였나 보다

뜬눈으로 밤을 새울 순 없기에
일단 자리에 누워서
혹시 기다릴지도 모를
꿈길로 서둘러 가 봐야겠다

극복

아내는 물을 좋아하지만 어쩐지 무섭다 한다
평화롭고 안전한 풍광의 물이라도
무릎을 넘어서면 몸이 굳는다
단지 물의 이유뿐만이 아닌
삶 속에 파고든 못된 기억 탓이다

좋아하지만,
온전히 받아들이기 어려운
어린 시절 난처한 삶을 그대로 반영했으리라
여리고 순박한 심성에 닥쳐와
어쩔 수 없이 짊어진 현실

쉽지 않은 길이라도 손잡고 찬찬히 가기로 한다
여정마다 낱낱이 풀어 이야기하지 않아도
슬기로운 이 사람은 바로 이해할 것이지만
그렇기에 오히려 풀어 주는
소통이 필요할지도 모른다

세월에 흠씬 젖었어도 이제부터
일일이 챙겨 주는 살핌이 필요하다
평생 자처한 이 손안에서
자연스레 물하고도 가까워질 것이다

인연의 시점과 이유

육중한 몸으로 늑장 부리며
구석구석 참견하는 겨울
지루하게 차례를 기다리던 봄이
그새를 못 참고 떨치고 달려와
섣부르게 비를 뿌리더니
후다닥 꼬리를 말고 되돌아간다

아무런 이유 없는 결과는
존재하지 않는 것일 테지
시공간을 여행하는 계절 여행자에게는
그들만의 일정과
꼭 거쳐야 하는 길목에
그만한 이유가 있으리라

긴 세월을 굴하지 않고 걸어
거칠고 힘겨운 삶의 고갯마루에서
가슴 벅찬 두근거림으로 기어이 만난
내 소중한 존재가 그대이듯
느리고 답답하게 여겨지는 여정일지라도
분명 이유가 있으리라

새로운 시작

멍하니 올려다보니
새치가 삐죽이 뻗쳐 있는 하늘
어느새 상냥해진 바람
공기보다 가볍게 떠다니는
눈부신 빛 조각들

노랗게 포슬거리는 온기 담긴 햇살이
빽빽하게 들어선 회색 건물 틈새로
힘겹게 비집어 들고
섣부르게 나선
이른 봄의 비릿한 땅 내음이
느리고 무뚝뚝한 겨울의
뒷자락에 스며들 때
아내는 내가 일하는 사이에
하루 종일 정성과 사랑으로
한 해를 지탱해 나갈 진기를 빚는다

청룡이 솟아오르는 태음력의 첫날부터
우리 두 사람과 자연은
새로운 역사로 출발하는
싱싱한 날의 시작이다

그대는

가뭄 끝에 단비보다
달콤하고 귀한 사람

깊은 밤 우아하게 쏟아지는
시린 별빛으로도
따라잡지 못하는 눈부신 사람

까짓 놈의 세상 무너지는 것보다
하루의 기다림을
더 힘들게 하는 사람

이따금
간절함을 걷어 가는 하늘도
잊게 만드는 사람

바다보다 더 깊은
그윽한 사람

몸살

열병처럼 닥쳐오는 생각
보고 싶다!

밤
어둠을 넘보는 그리움

눈을 감아도
맹렬히 솟구치는 너

시간을 잡아먹고
이 밤을 삼켜 버리면

네 모습이 보이겠지

이 세상 끝까지

내 사랑하는 그대여
그리움으로 밤을 가득 채우고
꿈속 깊은 곳에 수놓으셨나요
내 사랑하는 그대여
눈을 감고 아득한 별 길 따라
긴 긴 밤 포근한 꿈 꾸셨나요

내 사랑하는 그대여
새 하루가 축복으로 터지는
탐스러운 아침을 맞이해요
내 사랑하는 그대여
바라보고 있어도 그리운 사람아

세상이 오늘 끝나는 것처럼 사랑해요
우리 삶이 마지막인 것처럼 사랑해요

걸어 가는 밤

당신 덕분에 또 하루가
잔잔히 저물어 갑니다

사람들의 마음을 설레게 하는
민족의 큰 잔치로
묵은 피로가 남아 있어서인지
하루가 은근히 길었습니다
여파로 겨울 닮아 가던 눈꺼풀이
힘겨운 시간을 견딥니다

맨손 세수를 하고
당신의 손길이 담긴 저녁으로
든든하게 속을 채우며
밤의 일정을 준비합니다

아직은 한산한 밤이
당신 생각으로 순식간에 들어찹니다

그때

행여 부러질까 살아온,
고비마다 바닥을 치던 절망
넘어야 하는 자신이
매번 보일 듯 말 듯 가리운 장애물인 것도
농익을 때를 기다린 시간의 안배

나에게 네가 왔음은
스스로를 벗어나라는
마지막 기회
너에게 나는
삶의 마지막 시험

세상에 녹아드는 것이
가볍게 벼려진 둘의 마음이도록
자연에 스며드는 것이
비로소 집착을 초월해 가는
두 사람의 어울림
그렇게 서로를 보며 깨달으라는
인연의 안배

오래전부터 예정된 그것

내 안에서 일어나는 일

한 사람이 누군가에게
세상이 되는 것은
몇 마디 말로 되는 게 아니다
크기나 무게의 의미도
가치의 척도로도 어렵다

가슴에 꼭 맞는 누군가가
마음에 들어차게 되면
새로운 세상을 만나게도
세상이 무너지는 것도
저절로 알게 된다

그 누구도 느껴 보지 못한
그럼에도 더러는
그것에 모든 삶과 영혼까지
기꺼이 걸어도 여한이 없는
진정한 삶에 눈뜨게 된다

내게 들어찬 당신으로
새로운 영역이
빛처럼 태어나고 있다

너는 움직이는 나의 심장

폰 안에서 들려오는
목소리에 힘이 없을 때

표정에 조금이라도
원인 모를 그늘이 드리워질 때

미간에 살그머니 주름이 잡힐 때

가느다란 한숨이
무심코 새어 나올 때

고즈넉한 시간인데
갑자기 부지런 떨 때

벌써 자리에 들었는데도
아랫배가 좀처럼 데워지지 않을 때

깊이 잠들 시간에
뒤척임이 느껴질 때

심장이 툭 떨어진다

후회 없는 마음으로

가깝거나 먼 미래의 어느 날
세상 그 무엇보다 무서운 것
단 하나 꼽으라고 한다면 그것은
'후회'일 것이다

정말 하고 싶었던 것을
터무니없는 게으름으로
놓쳐 버린 안타까움에
더없이 간절하고 절박한데도
막연한 두려움에
현실에서 도피하던 비겁함에
아무렇지도 않게 지나가 버린
젊은 날의 섣부른 선택과 결정

기억의 곳곳에 남은 후회들이
두 번 다시 반복되지 않도록
남은 생 최선의 선택이 당신이고
마지막 결정 또한 같다

너에게 아낌없이

사람들은 사는 동안
마음을 얻고 싶은 사람에게
심장을 움직인 누군가에게
쉽사리 목숨을 거론한다

아쉬움이 아주 크거나
난처한 곤경에 처했을 때도
쉽사리 하나뿐인 목숨 운운하며
성급한 거래로 현실에서 도피한다

언젠가는 죽는 게 인간이고
종종 그에 대해 골몰하기도 하지만
어느 순간 목숨이 필요한 시점에서
과연 말의 책임을 이행할 것인가

다른 건 몰라도 평생 한 번쯤은
모든 것 주고도 후회 없이
목숨을 바칠 수 있어야 한다
너에게 하는 것처럼

비어 있는 하나의 이름은

살아오는 동안
수많은 계단을 오르며
또 그만큼의 계단을 내려가며
더러는 습관적으로 세고
때로는 의도적으로도 세지만
빠진 숫자 하나를
끝내 찾지 못했다

태생이 그랬던 건 아닐까
무심코 흘리는 오류를
당연하게 받아들이며 살아야 하는 현실
아주 단순한 논리에서 막히고
너무 당연해서 놓치는
그런 삶이 곳곳에 박힌 세상에서
일생을 살아가는 존재

오랜 시간을 보낸 후에야
그 마지막 계단의 의미
그 존재를 알게 되었다
비어있는 마지막 하나의 존재
그 이름은 바로 당신이었다

단 하나

완전하지 않은 존재여서
서로에게 그만큼 소중하고
허술한 존재여서
작은 것까지 채워 주며
조금씩 완성되어 가는
너와 나는

점점 진중하고
나날이 애틋해서
바라보는 것만으로도
배가 부르고 심장이 들끓어
그때쯤 되면 어디에 있더라도
너를 느끼리

미래의 어느 날
숨을 놓는 그 순간에도
내 손에
내 머리에
내 가슴에 남은 건
오로지 너

함께 나누는 아침

잔잔하게 들려오는 빗소리
암막 커튼 사이로
어렴풋이 비집고 드는 새벽

탱탱해진 방광이 의식을 흔들고
잠들어 있던 몸을 일으키면
가슴속에서 차오르는
무언가가 있다

무의식의 여정에서
떨치고 추려 챙겨 온 기운과
긴 밤 부여안고 지새운
동행의 기쁨

팔뚝에 얹힌 너의 체온
아무것도 아닌 것에서부터
다시 시작하는 운명적 모험
떨리는 기대

유쾌하고 순수한 너와 열어 갈
둘만의 세계는
새봄처럼 돋아나는 설렘이다

4부

박선옥, 〈기다리다〉,
watercolors on paper, 53 × 41cm.

완전체의 힘으로

몸은 마음에게 무엇일까
마음에게 몸은 어떤 의미일까

사람들은 이분법으로 생각한다

몸은 영혼을 담는 그릇이다
영혼은 몸을 마음대로 쓸 수 있다

찾기 어려운 답이라지만
쉽게 생각하기로 한다

몸은 정신이고 내가 몸이다

하나의 존재만으로도 버거운데
그 둘을 갈라놓으면
사람 하나 온전히 사랑하는 것에
혼란이 빚어질지도 모를 일이다

둘이 힘을 합쳐야
지킬 수 있다

코 높이와 베개

여보
피곤할 텐데 어여 자자

눈을 감고 잘 준비를 하는데
아내는 잠자리에 바로 들지 않고
침대 옆에 쪼그리고 앉아
무언가를 들여다보고 있다

흘깃 돌아보니 이상한 자세로
누운 내 옆모습에 눈높이를 맞추다가
손바닥만 한 빗을 들고 와서는
초롱초롱한 눈으로
코와 이마 높이를 재고 있다

뭐 해?

뚱하게 물어보니 깔깔깔 웃으며 말한다
TV에서 보니까 베개 높이에 따라
코골이가 달라진대
턱이 이마보다 높으면 코골이가 심해지고
오히려 경추에도 안 좋다고 하길래

아 그래?

옆에서 높낮이를 살펴보니
우리 베개는 높이가 딱 좋아!

그리고는 또 꽁냥꽁냥 하루를 털어서
알콩달콩 나누어 먹는다
깊은 밤 길목에서
아내의 자잘한 호기심이
신선한 행복이 되어
서로의 가슴으로 밀려든다

사랑의 맹세

평생 의리를 지키며
살아오는 동안
고생하고 힘든 마음
사랑으로 채워 주리라

날마다 다짐하며
행여 작은 상처라도
몸과 마음에 생기지 않게
살뜰히 아끼고 보살피리라

생이 끝나는 날까지
자유로운 바람처럼
평생을 사랑한 햇살처럼
당신 곁을 지키리라

그대와 자연

자연은 언제 보든
어디서 만나든
아름답고 고귀하다

그대는 내게
단 하나뿐인
최고의 자연이다

그날의 기억

그날의 햇살은
잘 익은 레몬을 한입 깨물었던
딱 그 느낌이었다
입안에 침이 고이지도 않았는데
저절로 눈이 시었다
생전 느껴 보지 못했던 맛
침샘을 한껏 우려낸 뒤
아주 잠깐 스쳐 지나가는 아찔한 맛
막 태어난 생소한 싱그러움

너를 처음 본 느낌이 딱 그랬다
이미 공기가 녹아내리는 더위인데도
보송거리는 눈부심
처음 느껴 보는 상큼함
뒷모습에서 풍겨 오는 저릿한 설렘
계절 한 조각이 이미 흘렀는데도
너의 뒷모습에선
아지랑이가 피어올랐다

한 여인의 말 한마디에 세상을 얻은 남자로부터

말이란 게 정말 어렵다는 게
살아갈수록 다가온다
마음에 두고 있는 사람
소중한 사람일수록 더하다

몇 고비 넘어 살면서
서로에게 달관한 사이라면
무게는 이루 말할 수 없다
한마디에 삶 전체가
오갈 수도 있기에

매번 진실만 전달할 수 없고
눈치를 보거나
말을 고르는 게 아닌 까닭에
농담조차도 빛과 향기가 나는 것으로
알뜰히 가려서 선사해야 한다

목숨보다 소중한 사람은
표정 하나 눈빛 한 번으로
세상이 바뀌기도 한다

오늘에 산다

홀로이 왔다가
그렇게 가는 게 인생
사는 동안 자신만의 신념으로
등성이 넘고 넘어
방향과 목표를 설정하고 가는
고독하고 긴 여정

수많은 사람과의 관계를 거치고
후회하고 다짐하며 살아간다
나와 상생하는 이들을 발견하고
그 사람들과의 관계에 몰두하며
가장 중요한 것이 믿음이라 깨닫는다

여정에서 만나는 인연과 동행하며
서로 충분히 알아 가고
어느 순간 믿음을 굳히고
일생을 단단히 약조한다
가슴속에 하나의 생각만 품고서

이생에서 주어진 삶
모두 너를 위한 것
확인할 수 없는 전생과 내세는
무의식에 잘 넣어 두고
지금은 알뜰히 서로를 위해
후회 없이 돌보고 즐기며 간다

너와 나의 길

내가 믿는 단 한 사람
사랑하는 그 사람이
내 곁을 비운다면

잠깐 든 생각인데도
숨이 막히고 어지러웠다
무심코 떠오르는 생각에
세상이 흔들거리다니

먼저 간다는 것도 기구한 형벌
먼저 보낸다고 생각하니
칠흑 같은 어둠만 자욱하다
일어나지도 않은 일에
괜한 마음 에둘러 써서
힘들게 하지 말라 하며
그리 눈총을 줬건만
막상 막연한 미래를 끌어와 보니
숨쉬기도 힘들다

지금 이 시간
바로 서고 바로 걷고
바로 숨 쉬고 바로 눕는다
길은 내 마음속에
펼쳐져 있을 것이므로
앞만 보고 간다

처음부터 끝까지

사랑은 혼돈이다
경험하지 못한 일들이
하루에도 수십 번씩 들이닥친다

사랑은 지각 변동이다
도무지 예상치 못한 곳에서
기상천외한 일이 일어난다

사랑은 각성이다
생각의 영역을 증폭시켜
말도 안 되는 현실을 이끌어 낸다

사랑은 환영이다
현실과 상상이 혼란스러울 만큼
시도 때도 없이 오간다

사랑은 미래이다
마지막까지 같이 할 사람과
끝까지 도달하고 싶은 둘만의 내일이다

가볍게 더욱 가볍게

막연히 우러나는
그리움 한 조각에도
맥박이 달리고
가슴이 열린다

당신이 닿아 있는
온기 한 줌이
뜨거운 피를
세차게 뿜어 올린다

도무지 앞뒤가 맞지 않고
상식을 벗어난 것 같아도
우리 둘의 세계는
숨소리만으로도 팡팡 돌아간다

긴장도 풀어 내리고
미리 앞당기지 않고
눈에 보이는 대로
간결하고 가볍게
더욱 가볍게

까마귀

해 뜰 참인데 등 뒤로 까악까악
까마귀가 날았다
생각 없던 발걸음에
발밑으로 걸걸한 저음이 내려올 때쯤
정신이 번쩍 들었다
고개를 돌려서 보거나 하지 않았다
비스듬히 멀어지는 소리가
이미 시야를 벗어났을 것이기에

마음에 든든한 사람이 담긴 하루는
조급하지도 늘어지지도 않고
첼로의 선율처럼 두툼하게 흘러갔다
기울어져 있던 삶을 잡아 주는
진정한 균형과 안정감
몇 해 전까지만 해도
삐걱거리며 지나가던 밤인데
깊은 어둠조차도 촉촉이 스며든다

별빛을 받으며
어제의 긴장을 말끔히 털어 내고
아내의 남은 새벽에 입을 맞추고는
먼저 일터로 나선다
원체 좋아하던 새까만 녀석들
허스키한 보이스의 매력
오늘도 출근길에 만나길 기대하며

너에게 가을을 줄게

긴 여름으로 힘들었을
너에게

상쾌하고 싱그러운 가을을
모두 줄게

이제 곧 하얀 계절이 올 거야
두근대는 그날을 위해

이제 곧 떠날
너만의 가을을 마음껏 즐겨

차오르는 것

더위 탓인지 어딘가 모르게
휴식마저 충분히 채워지지 못하는 밤
그나마도 지나다니는 잡다한 소리에
밤새도록 무의식이 반응하다 보니
몸은 무거워져 가고
꿈길은 야금야금 얕아져 간다
밤에도 떠나지 않는 더위가
한몫 단단히 거드는 탓일까

그래도 깊숙이 품은 너로 인해
삶은 나날이 가볍다
가슴을 채운 든든함으로
그다지 어려움도 없다
세상이 암흑 속에 갇힌다 해도
인간의 땅이 사라진다 해도
내 안에 가득 차 있기에
너를 위한 틈새는 열 수 있을 것 같다

데칼코마니

새벽에 설핏 잠에서 깼을 때
내 팔베개에 누워
곤히 자는 너의 모습에
가슴이 뛴다

나를 바라보는 눈빛마다
작은 불편함도 없애려
꼼꼼히 살피는 네가 있어
한없이 편안하다

잠들기 전 깊은 어둠에서도
공간에서 가만히 조우하는
무릎의 오작교 만남에
하루의 시름이 깔깔깔 날아간다

마음을 들여다보는 눈과
그 마음을 담는 호수
서로를 울리는 메아리
오늘도 깊은 안도의 숨을 쉰다

계절 갈아타기

계절 갈이 하느라
밤낮없이 피곤한 사람들이
새벽을 나선다
대부분은 영문도 모른 채
나른한 봄이 왔다고 생각하겠지

하지만 내 사랑하는 사람은
눈뜨는 순간부터
살피고 확인하고 준비한다
하루를 소중히 채우기 위해
주어진 오늘이
마지막인 것처럼 살기 위해

내 사랑하는 사람은
당연한 공기와
햇살 한 줌에도 늘 그래 왔듯
겸손하게 감사를 올린다
살아있음에 더없이 고마워한다

내 사랑하는 사람은
계절을 갈아타는 방법을 안다

베이스캠프

루틴은
시간과 함께 쌓인 버릇과 습관
선택할 수 있는 최선의 궤적
감정과 기분이 어울리며 흐르는
행동과 실천의 길이다

바이오리듬은
몸속에 흐르는 피처럼
합리적 여정이 바탕이 되며
자신의 모두를 들고 나는
기운이 흐르는 길이다

그대는
아름답고 상냥한 기운으로
'나'라는 존재를 지탱해 주는
최적의 베이스캠프이다

그저 사랑이라 하지요

무심코 지나치는 작은 생명
목숨까지 거는 그들의 치열한 의지
맹목적인 삶의 몸부림
자연의 눈물겨운 생존 사랑이지요

누구도 흉내 내지 못할
헌신과 희생의 여정
조건 없이 주는 마음이어야
숭고한 사랑으로 자라지요

가슴 저미고
눈물겹게 우러나는
당신을 향한 사랑도 그러하고요

너를 가장 덜 사랑한 날

오늘 본 서로의 모습이
남은 날 중에
가장 소박하고 작은 날
너를 가장 덜 사랑한 날로
기억되도록 살아 보자

어제처럼
조용하고 반복적인 하루
그제처럼
기쁘고 신나는 하루
지난해처럼
남부러운 것 없는 하루들로
오늘을 채우고
내일을 살아 보자

지금처럼
서로의 등 쓸어 주고
구석구석 살펴 가며
떠나는 밤이 아쉬워지도록
푸근히 살아 보자

변하지 않는 것

아련한 그리움이 파고들어
가슴속에 하나씩 얹혀 갑니다
무심코 흘려 버리던 것들이
이곳저곳에 걸리며
기억의 매듭에 표식을 보탭니다
사랑하는 이의 눈가에도
새까맣던 머릿결에도
흔적이 내려앉습니다

그런가 보다 하던 것들이
알고 보니 쌓여 가는 세월이었군요

참으로 이상하지요

걸음도 느려지고

움직임도 조금씩 굼떠 오는데

유독 한 가지만은

심장을 강렬히 요동치게 합니다

바로 당신입니다

두근거리고 나서야

한 사람에게 마음을 기울이면
어떤 규칙도
어떤 규제에서도 자유로워지고
모든 감각이 일제히 따른다

틀이나 속박이 없다
한없이 벗어나도 탓하지 않는다
들어올 수 있고 나갈 수 있게
늘 가슴을 열어 둔다

멍때리다가 찡해지고
눈시울이 뜨거워지고
치달리는 고동으로
가슴이 벅차오른다

심지어

피가 흐르는 소리에

세포가 깨어난다

두근거리며 하루를 보내고서야

고대하던 너를 만난다

박선옥, 〈자작나무 숲〉,
Oil on canvas, 100 × 50cm.

5부

기다림의 신세계

마음 놓고 기다리는 것은
특별한 기쁨이다

언제고 어디라도
네가 드리우는 곳이라면
너를 스쳐 건너오는 바람만으로도
더할 수 없이 가슴이 뜨거워진다

마음이 낯설게 만나
어우러져 가는 시간 동안
이 나이 먹었음에도
생소한 시행착오를 종종 겪었다
크고 작은 일들이 지나갈 때마다
놀랍고 신선한 체험이 주어지고
시간이 지날수록 말과 행동
마음마저 아끼게 되었다

네가 겪어 왔던
지치고 힘들었던 삶의 일그러진 틈
슬프고 가슴 미어지던 기억들
벗어나고팠던 말 못 할 흔적들이
조금씩 건너올 때마다
그 기억 안에서 아팠다

빛의 속도로 동화하는 우리
새로운 아침 친숙해지는 밤
기다리는 어떤 순간도
우리에게 설렘이 된다

세상에 드러우는 사랑

시간 날 때마다
바닷가마다 찾아다니며
영롱한 물과 만나는
모든 모래 알갱이에게
산천을 이루는
흙 풀 돌 나무와
더불어 사는 생명에게

존귀한 그대를
하루도 빠짐없이 살피는
끝없는 내 사랑이 있다고
매일 다짐하는
그대의 존재를
꾸밈없이 전한다

이보다 더 큰 사랑은
세상에 없다고

기억 속 흔적까지

시간이 쌓이고 쌓여
들추기 힘든 무게가 되면
잘 다져진 기억의 힘이
서서히 빛을 발하게 된다
실핏줄이 마을 끝까지
꼼꼼히 스며들어
포근한 추억의 뿌리가 된다

눈꺼풀의 무게까지 느껴질
어느 순간까지
꼭 품고 가야 할
작고 사소해서 자칫 흘릴 수 있는
기억 속 너의 그림자 한쪽까지도
찬찬히 모두기 위해

완벽 위에 존재하는 것

세상에 완벽한 건
존재하지 않는다고 한다
완벽을 상상하고 추구하는
노력이 있을 뿐이겠지
거의 모두가 그렇게 알고 있지만

하늘의 뜻으로 이어진
너와 나의 만남은
더없이 자연스럽고 유연하다
견고하고 빈틈없다
흐르고 변하고 출렁이는
어느 곳에서도
같이 넘실거리며 색깔을 맞춘다

완벽한 움직임을 추구하는
너의 치밀한 노력이 더해서
그 위에 나를 올려놓으려 한다
나는 또 '세상의 불완전한 완벽'에서
끊임없이 너를 밀어 올린다

너의 다리가 되어 줄게

영문 모를 삶의 무게에 맞서
꿋꿋이 일어선 사람
너의 야무지고 굳건한 신념에
온전히 미치진 못하겠지만
나 선뜻 너의 다리가 되어 줄게
홀로이 견뎌 낸 시련의 세월
되돌릴 수 있으면 좋으련만

너의 시간 단 일 초라도
가지런히 챙겨서
펼쳐질 미래의 편안하고 든든한
다리가 되어 줄게
너의 마음 안에서
일구지 못한 꿈들을 잘 심고 솎아
아름답게 피어날 수 있도록
촉촉한 흙이 되어 줄게

나는 너를

너를 기억한다

7월의 어느 날 아침의 너를
버스 앞자리에 앉은
뒷모습조차도 반듯한 너를
바람이 스르륵 스쳐 가던 너를
한 줌 햇살에 미소를 보내던 너를
작은 한숨 소리에도 아파하던 너를
곁에 있어서 편안한 너를
생각만으로도 벅차오르는 너를
숨 쉴 수 있어 감사하는 너를

이생에서
너를 만남에 무한히 감사하며
나는 너를 끝까지
기억하기로 한다

기억한다는 것

기억한다는 것은
살아 있음이다

때로는 아픔을
더러는 슬픔을 머금고 있어
생각 없이 떠올린다면
원하지 않은 상처에
또 다른 상처를 덧대어
처박아 버리듯 기억에
되넣어 버리기도 한다

떠올려지는 게 인간의 숙명이라면
심장이 뛰는 동안 그 기억의 룰렛을
영롱하게 반짝이는 비눗방울이
환상적으로 퐁퐁 날리게 맞추어
어떤 기억을 떠올려도
미소 짓게 되기를
나도 내 사람도 원한다

기억한다는 것이
두근두근 숨 쉬는 것이기를

만남

사람을 만나는 일은
우주가 탄생하는 것만큼
거대하고 역사적인 일이다

인간은
먼지보다도 작은 존재일 수 있지만
그 어떤 것도 아우르는 존재

어디에 있는가
어떻게 있는가
누구를 만나는가

지구 곳곳에서
수십억 건의 우주가 생성되고
쉴 새 없이 역사가 이루어지고 종결한다

당신을 만난 일은
특별한 이름의
천지 창조이다

기적

사람이 사람을 꺼리고
스스로 고립시키며 외로워진다
모습이 보이지 않는 곳으로
흔적이 없는 곳으로
점점 더 멀어져 간다

더불어야 하는 삶이
서로여야 하는 든든함이
먼지보다 가볍게 날아가 버린다
인간의 맛을 쭉 훑어 내 버리고
경계와 방어로 쓸쓸히 홀로 간다

복작거리지만, 고독한 사람들
탁하고 어둡고 답답한 하늘 아래
콜록콜록 숨 쉬는 군상들

그곳이 어디라도 다다를 수 있음에
희망을 버리지 않았던 사람과
나아가면 이룰 수 있다는 걸
아는 이가 만나는 일이
쪼그라드는 현실에서 일어났다

아찔했다
혹시 꿈이 아닐까
바라보는 서로의 눈빛으로
속을 꿰는 시원함
손에 닿는 온기와 벅차오르는 상쾌함

둘은 비로소 활짝 열고
같이 웃게 되었다

당신의 백마로부터

당신이 내 사람인 것이
내가 기를 쓰고 살아온 인생
전체보다 소중하고 값져
사실 무엇과도 비교할 수 없지
나는 늘 간절히 당신을 사랑해

출근하려 당신을 안을 때
집에 돌아오자마자
당신과 입맞춤하는 그 순간이
하루 중 최고의 순간이야
당신은 언제나 날 두근거리게 해

당신을 향한 떨림은
내가 온전히 살아 있음이고
내 삶의 전체를 움직이는 호흡이야
가슴을 온통 채우고 있는
사랑의 색깔이고 음률이고 빛이야

당신을 위한 내 눈빛은

갈수록 짙게 깊어질 것이고

민감하고 예민하고 까칠함 속에서도

당신만을 위한 비밀의 정원을 만들 테야

그 어떤 경우 어디에서도

휘파람 한 자락에

달려갈 준비를 마친 백마로부터

나를 채우는 것들

해맑은 미소
깔깔깔 상쾌한 웃음

거침없는 몸짓
가늘게 쉬는 생각 숨소리

손끝에 만져지는 촉감
건너오는 체온

전화기 너머로 피어오르는 표정
빛의 속도로 꽂히는 너의 마음

이 모든 것들이 너로 인해
내게로 채워지는 목록이다

목숨

하나의 단어가
너와 엮이는 순간
한 사람을 위한
도구가 되고 목표가 된다

무심코 살아온 세월
적지 않은 시간을 견뎌온 숨
나를 지탱해 온 맥박은
그대로 인해
무기질의 완전한 개체로 변환한다

낡고 닳은 호흡이 아니라
모든 역경을 통제할
완숙한 떨림으로
그대 곁에 있다

내 아내

순수한 말만으로는
표현하기 힘든 사람

어떠한 언어로도
모두 담기지 않는 사람

스치는 체온조차도
살갑고 귀한 사람

셀 수 없을 만큼
벅차오르게 만드는 사람

내 코 고는 소리에
편안히 잠드는 사람

밤새도록 껴안고 있어도
아침이면 더 아쉬운 사람

발톱을 잘라줄 때마다
새색시처럼 부끄러워하는 사람

곁에만 있어도
한없이 기분 좋은 사람

시간이 흐를수록
편안해지는 사람

같이 있을수록
더 좋아지는 사람

이 세상에
단 하나뿐인 내 아내

내가 살아가는 방법

내 안의 수많은 적을
바르게 돌려놓을 것

자신에게 지나치게 단호하지 말 것

잠깐의 달콤함에 젖지 않는 것은
나를 있는 그대로 보게 하는 눈이다

마음에도 몸처럼
제한 없는 자유를 줄 것

둘의 조화로운 나눔이
온전한 자신이 될 때까지

깨어 있는 시간을
오로지 가치 있게만 쓸 수는 없다

우수리로 쓰이는 것들을
낭비라고 생각하지 말 것

정녕 필요한 한 방울의 물
꼭 필요할 때 요긴한
한 줌의 숨보다 귀하게 쓰일 테니

그 모두를 구성하는 기본 요소는
말이 필요 없는 너

나를 채우는 사람

두 번 갈아타고
마지막으로 올라탄 전철에서
대체로 쪽잠을 잔다
주어진 하루가 겨우 24시간이라
곳곳에 시간을 쪼개어 붙여도
매번 잠자는 분량이 적은 탓이다
알람을 맞춰 두고 가방을 돌려 안고
눈을 감으면 기다린 듯 다가오는 사람이 있어
도착까지의 시간은 동행하며 꿀잠으로 쓴다

낯빛이 좋다는 친한 동생의 말이
갑자기 떠올라 미소가 떠오른다
가만히 움직여 1년을 하루같이
지성으로 챙기는 아내의 정성에
몸과 마음이 새롭게 태어나고 있으니 그럴 법하다
집을 나서는 순간부터
때로는 들썩이는 심장으로
때로는 울컥이는 뜨거움으로
돌아오는 하루의 여정을 낱낱이 살핀다

추위야 물렀거라

천연 식초 몇 방울과
들기름에 띄운 달걀
시래기 된장국
완두콩 넣어 지은 현미밥에
강추위가 부서져 나간다

뚝뚝 떨어지는 온도와
체온을 잡아 뜯는 칼바람도
사랑으로 가득 채우고 나선
든든한 새벽 걸음을
감히 넘보지 못한다

의식 안에 온통 들어차 있어
느닷없이 울렁이게 만드는
군더더기 없고 유쾌한 당신
세차게 두드리는 맥박의 힘으로
저녁 만남까지 거침없이 달린다

먼 길을 가려면

몇 며칠을 아파하더니
왼쪽 오금에 물이 찼다 한다
다리 수술한 뒤로
가끔 물이 차는 고통을 겪는다
대신 아플 수는 없을까

몸을 아끼지 않던 아내가
견디고 극복할 산들이 걱정일 텐데
찌르는 듯 욱신거리는 다리
불편하고 거북한 현실로
일분일초가 가시방석일 거야

번거롭고 답답하겠지만
먼 길을 가기 위해서라도
바로 이 시간부터
편안한 회복을 위해
치료에 집중하고 매진하자

갑자기 그리워서

기온이 뚝 떨어졌다
체감온도가 영하 21도라고
방송마다 난리도 아니다
얼마 전에 사귄 이름 모를 새
부리가 궁금하기도 해서
단단히 채비를 하고 운동에 나섰다

온도가 곤두박질치고 있었지만
개천 길은 조용했고 잔잔했다
바람도 숨죽이고 있어서
혼자만의 자유를 만끽하기에
더없이 좋았다

부리는 없었다
두루미도 없고 청둥오리만
몇 마리 가만히 놀고 있었다
열심히 걸어 한 시간의 운동길인데
그 잠깐인데도 당신이 그리워지기에
마음이 급해져 달리듯 되돌아 걸었다

마음의 눈 속에 너를 채운다

눈에 보이는 것에
집착하지 말 것

손에 잡히는 것에
욕심내지 말 것

삶이 길고 긴 것 같지만
스쳐 지나가는 바람 같은 것

어차피 비울 수 없다면
투명하게 채울 것

채우고 채워서
새로운 비움에 닿을 것

하나로 채워졌으면
부질없이 돌아보지 말 것

하늘이 내린 운명(天命)

지치지 않고 죽을 때까지
내가 할 수 있는
유일한 일은
당신을 사랑하는 것이다.